KLEINE BÜCHEREI FÜR HAND UND KOPF

D1735494

Albert Ehrenstein
TUBUTSCH
Eine Erzählung
mit Zeichnungen von
Oskar Kokoschka

Publiziert bei
Nautilus/Nemo Press ▪ Edition Moderne

Editorische Notiz: Albert Ehrenstein, geboren 1886 in Wien, gestorben 1950 im New Yorker Exil. Die Erstausgabe von **Tubutsch** erschien 1911 im Verlag Jahoda & Siegel, Wien/ Leipzig, zusammen mit der Erzählung „Ritter Johann des Todes" und dem Gedicht „Wanderers Lied". Oskar Kokoschka, Freund Ehrensteins, steuerte die Zeichnungen dazu bei.
Eine zweite Auflage folgte 1914 bei Georg Müller, München/ Leipzig. Eine leicht veränderte Neuauflage erschien 1919 als Nr. 216 der Insel-Bücherei, Leipzig. Die vorliegende Ausgabe folgt der Erstausgabe.
Der **Lebensbericht** wurde erstveröffentlicht in **Ausgewählte Aufsätze** von Albert Ehrenstein, herausgegeben von M.Y. Ben-gâvriel, Lambert Schneider, Heidelberg 1961. Der Abdruck erfolgt mit freundlicher Genehmigung. Die vorliegende Kombination von **Tubutsch** und **Lebensbericht** erschien erstmals 1983 in der Edition Moderne, Zürich, als limitierte Ausgabe ohne die Zeichnungen von Oskar Kokoschka.

Gemeinschaftsproduktion der Verlage
Nautilus/ Nemo Press, verlegt von Hanna Mittelstädt
Hassestr. 22, D – 2050 Hamburg 80
und **Edition Moderne**, Kreuzstr. 41, CH – 8022 Zürich
(c) für diese Ausgabe bei Edition Moderne, Zürich
(c) beim Albert-Ehrenstein-Nachlaß, The Jewish University of Jerusalem
1. Auflage 1986 – ISBN 3-922513-28-X
Printed in Germany

Mein Name ist Tubutsch, Karl Tubutsch. Ich erwähne das nur deswegen, weil ich außer meinem Namen nur wenige Dinge besitze ...

Es ist nicht die Melancholie und Bitterkeit des Herbstes, nicht die Vollendung einer größeren Arbeit, nicht die Benommenheit des aus langer, schwerer Krankheit dumpf Erwachenden, ich verstehe überhaupt nicht, wie ich in diesen Zustand versunken bin. Um mich, in mir herrscht die Leere, die Öde, ich bin ausgehöhlt und weiß nicht wovon. Wer oder was dies Grauenvolle heraufgerufen hat: der große anonyme Zauberer, der Reflex eines Spiegels, das Fallen der Feder eines Vogels, das Lachen eines Kindes, der Tod zweier Fliegen: danach zu forschen, ja auch nur forschen zu wollen, ist vergeblich, töricht wie alles Fahnden nach einer Ursache auf dieser Welt. Ich sehe nur die Wirkung und Folge; daß meine Seele das Gleichgewicht verloren hat, etwas in ihr geknickt, gebrochen ist, ein Versiegen der inneren Quellen ist zu konstatieren. Den Grund davon, den Grund meines Falles vermag ich nicht einmal zu ahnen, das Schlimmste: ich sehe nichts, wodurch in meiner trostlosen Lage eine wenn auch noch so geringe Änderung eintreten könnte. Weil eben die Leere in mir eine vollständige, sozusagen planmäßige ist bei dem beklagenswerten Fehlen irgendwelcher chaotischer Elemente. Die Tage gleiten dahin, die Wochen, die Monate. Nein, nein! nur die Tage. Ich glaube nicht, daß es Wochen, Monate und Jahre gibt, es sind immer wieder nur Tage, Tage, die ineinanderstürzen, die ich nicht durch irgendein Erlebnis zu halten vermag.

***

Wenn man mich fragte, was ich gestern erlebt habe, meine Antwort wäre: „Gestern? Gestern ist mir ein Schuhschnürl gerissen." Vor Jahren, riß mir ein Schuhschnürl, fiel ein Knopf ab, war ich wütend, erfand einen eigenen Teufel, der diesem Ressort vorstand und gab ihm sogar einen Namen. Gorymaaz, wenn ich mich recht erinnere. Reißt mir heute unterwegs ein Schuhschnürl, danke ich Gott. Denn nun darf ich mit einiger Berechtigung in ein Geschäft treten, Schuhschnürl verlangen, die Frage, was ich noch wolle, mit: „Nichts!" beantworten, an der Kassa zahlen und mich entfernen. Oder aber: ich kaufe einem der unerbittlich: „Vier Stück fünf Kreuzer!" schreienden Knaben seine Ware ab und werde von mehreren Leuten als Wohltäter angestaunt. Auf jeden Fall vergehen dadurch etliche Minuten, und das ist auch etwas ...
Man sage nicht, ich sei wohl besonders geschickt darin, Langeweile zu empfinden. Das ist nicht richtig. Ich habe von jeher die außerordentliche Fähigkeit besessen, ich war von jeher mit dem Talent dotiert, mir die Zeit zu vertreiben, unter allen denkbaren Beschäftigungen die exotischeste ausfindig zu machen.

Beweis dessen: als ich unlängst in die Gansterergasse gehen sollte, trat ich auskunftheischend an einen Wachmann heran, obwohl mir die Lage des genannten Straßenzuges unbekannt war. Da nun machte ich eine wichtige Entdeckung, die mir geeignet erscheint, mehrere Weltgesetze zu erschüttern. Der Wachmann roch nach Rosenparfüm. Man bedenke: ein parfümierter Wachmann. Welch eine contradictio in adjecto! Im ersten Augenblick traute ich meiner Nase nicht. Zweifel an der Echtheit des Sicherheitsmannes stiegen in mir empor. Vielleicht hatte ein geriebener Verbrecher, um den Nachforschungen zu entrinnen, ein Usurpator sich in die Uniform eines Polizisten gehüllt. Erst die Auskunft überzeugte mich von seiner Echtheit. So delphisch war sie. Jetzt galt es herauszubekommen, ob vielleicht alle Sicherheitsleute — etwa infolge einer neuen Verordnung — Wohlgerüche zu verbreiten hatten oder ob der Eine mit dieser Eigenschaft allein stand und damit sozusagen auf eigene Verantwortung handelte. Ohne Murren unterzog ich mich der weitläufigen Aufgabe. Eine Dissertation, oder noch besser, ein Essay: „Von den Wachleuten und ihren Gerüchen" schwebte mir vor ... Polizist um Polizist ward beschnuppert, zwar kein zweiter Schandfleck seines Standes gefunden, immerhin aber festgestellt, daß kein einziger einen englisch gestutzten Schnurrbart besaß. Eine Beobachtung, die sich an ähnlicher Bedeutung für die Wissenschaft nur mit einer anderen messen kann, die zu machen mir vor kurzem nach unsäglicher Mühe gelang. Nämlich daß kein einziges Säugetier grün gefärbt ist.

Ob jener Polizist durch ein Dienstmädchen oder anderweitig-eigenes Verschulden zu seinem Geruche kam, dies festzustellen mangelte mir der Mut. Und aus der Abhandlung „De odoribus polyporum" wurde nichts. Ich traute mich nicht, ihn zu fragen. Weil ein Sicherheitsmann, der nach Rosen roch, ein so außerordentlicher Sicherheitsmann, wenn nicht den „Raskolnikow", so doch ganz gut „Schuld und Sühne" gelesen haben konnte. Und wissend, welch spannenden Kitzel es manchem Verbrecher bereite, sich zu martern und die Behörden zu eludieren, mich dann einfach als einen den Schauplatz seines Frevels frivol umkreisenden Missetäter verhaftete. Und mir das Geständnis, das beschämende Geständnis meiner Unschuld bevorstand.

Ähnliche Feigheit, wie dem Wachmann gegenüber, verhinderte mich auch, andere Rätsel völlig zu lösen, die zu wittern, denen nachzugehen mir einzige Beschäftigung und Lebensinhalt ist. Auf meinen Streifgängen kam ich oft an einer Gemüsefrau vorbei, einem Weibe mittleren Alters von ordinärem Aussehen und realistischer Ausdrucksweise. Sie führt hauptsächlich grüne Erbsen. Eine Kunde, die von diesem Artikel gekostet hatte, dann aber achselzuckend fortging, ohne zu kaufen, erhielt von ihr Titel, die denen irgend eines orientalischen Herrschers weder an Berechtigung noch an Mannigfaltigkeit nachstanden. Aber ein alter Spatz nascht täglich ungestraft, nie verscheucht von den Erbsen, pickt die Schoten an und schmaust die

Körner, und noch nie hatte ich die Courage, die Grünzeughändlerin zu fragen, ob sie vielleicht Witwe sei. Denn der Gedanke ist nicht von der Hand zu weisen: der Spatz ist niemand anderer als ihr verstorbener Gatte, der sie besuchen kommt und – o ahnungsvolles Unterbewußtsein – von ihr gefüttert wird!

Infolge meiner Schüchternheit werde ich niemals Klarheit darüber erringen ...

Ebensowenig über das Schild des Schusters. „Engelbert Kokoschnigg, bürgerlicher Schuhmachermeister zu den zwei Löwen. Gegründet 1891." Welträtsel sind schwer zu lösen. Wochenlang zermarterte ich mir vergebens den Kopf, warum wohl der ehrsame Handwerker dieses doch nur einem Wirte zustehende Schild führe. Sollte durch diesen Übergriff die vermutlich mit der Geschäftsgründung zusammenfallende Eheschliessung verherrlicht werden und einer der brüllenden Löwen die Schusterin sein? Oder war in jenem Jahr ein Dompteur von Weltruf in Wien gewesen, in den Strudel seiner Berühmtheit auch diese Bürgersleute reißend?

Wenn ich diesem unerträglichen Dilemma ein Ende machen, den Meister selbst ungestraft interviewen wollte, müßte ich mir unbedingt bei ihm ein paar Schuhe machen lassen. Und das wäre wiederum, abgesehen von meinem immer chronischer werdenden Mangel an gebräuchlichen Zahlungsmitteln, schwarzer Verrat an meinem Leibschuster, dem alten Peter Kekrewischy, der mir schon so oft mit seinen Erzählungen die Zeit vertrieben hat.

Gut, er und seine Werke sind etwas altväterisch, er grüßt noch: „Mein Kompliment!" und wenn ich etwas von ihm haben will, sagt er: „Ja, mein Herzerl!" Aber er ist gütig wie der Kanarienvogel, der in seiner Kokosnußschale uns lauscht, mit seinem Gesang unterbricht und sich dann durch einen zuckerwärts geführten Schnabelhieb belohnt. Und die Reden des Schusters sind auch wie ein Gesang, wie ein leiser Gesang der Resignation. In Klausenburg ist er geboren, das Untergymnasium hat er dort absolviert, war der beste Schüler, dann ist ihm der Vater gestorben und der Vormund, ein Fleischhacker, hat ihn nicht weiter studieren lassen. In den Ferien mußte der Knabe in der Fleischbank mithelfen, und als er dann zum Gymnasialdirektor ging, wollte ihn der nicht aufnehmen, weil die Mitschüler einen, der Fleisch ausgetragen, ewig hänseln würden, und auch die Anstalt das Dekorum zu wahren habe ... Der Vormund hat ihn dann zu einem Schuster in die Lehre gegeben, weil die Fleischerburschen ein Gymnasiasterl nicht unter sich dulden wollten und ihm selbst der Beruf viel zu ekelhaft gewesen sei. Gar das Blutvergießen! Aber im Jahre 48, wie die Klausenburger auch ihren Rummel haben mußten, hätte er doch tüchtig mitgetan, allerdings bei der Musikbande ... Ein Mitschüler, der schlechtere Noten hatte als er, wurde Direktor der Wiener Sternwarte, und ein paar Schritte von ihr entfernt, sitzt in einem papp-riechenden, finsteren Kammerl ein Mann, dessen Frau bedienen geht, dessen einzige Tochter in Agram verheiratet ist, ein Mann, zu alt, zu sanft, zu arm, um sich einen Gehilfen halten zu können, ein Mann, der nach vielem Bitten froh sein muß, wenn ihm die Kunden seiner langsamen Arbeit wegen nicht weitergehen ... Jetzt hat ihm die Frau einen kleinen Nebenverdienst verschafft. Täglich sehe ich den schwachen Mann mit seinen zitternden Händen eine Gelähmte spazieren fahren. Dafür kriegt er etwas Kleingeld und darf sich dann am Sonntag nicht etwa ein Gläschen Wein gönnen, nein! aus der Bibliothek der Gelähmten ein Buch aussuchen und die halbblinden Augen durch den kleinen Druck ganz zugrunderichten, während ein anderer: Hofrat, Baron, Komtur des Franz Josefsordens sc. dafür bezahlt wird, daß er die ewigen Sterne auf die Erde herabzieht, in einem leibhaftigen Fiaker fährt, geradezu in Saus und Braus lebt − aus keinem anderen Grunde als weil er keinen Vormund besaß, der Fleischhauer war ...

Dies ist mein einziger Verkehr, ein alter Schuster und, richtig! noch ein zugrunde gegangener Huterer, an dem nichts bemerkenswert ist, außer, daß er mit dem Kaiser Max nach Mexiko geriet. Er weiß von diesem Lande sonst nichts zu sagen, als daß es dort sehr heiß war. Nichtsdestoweniger ist er in meinen Augen ein Mann von Bedeutung, ich habe keinen in meiner Bekanntschaft, der weiter herumgekommen wäre als er ... und etwas exotisches weht um ihn, wenn er sagt: „Ja, in Veracruz!" und ich ihn pflichtgemäß frage, was es denn an diesem Orte gegeben habe, und er dann seinen einzigen Witz macht: „Ja, in Veracruz, da hams keinen so guten Sliwowitz g'habt wie hier." ...

Ich bin gehalten, darüber zu lachen, darf es mir mit ihm nicht verderben. Er ist Armenrat, und vielleicht setzt er es doch endlich durch, daß ich Wiener Bürger werde. Ich könnte die kleine Pfründe dereinst gut brauchen ...

Einen Bekannten hatte ich noch, einen o-beinigen Doktor philosophiae, der auch den Abiturientenkurs der Exportakademie hat und unglaublich viel Sprachen kann. Er heißt Schmecker, ist bei der Zentralbank in Kondition, strebert was Zeug hält und gönnt sich keinen Urlaub. Ich meinte deswegen einmal zu ihm: „Ja, mein Lieber, es hat auch seine Schattenseiten, wenn man als Bankdirektor enden will." Bankdirektor wird er wirklich werden, aber das „enden" hat ihm die Freude im vorhinein versalzen, und wenn er mich von weitem sieht, komm ich näher, schaut er weg.

Früher besaß ich auch einen entfernten Verwandten, den Agenten Norbert Schigut. Einmal traf er mich unangemeldet auf der Straße und teilte mir ohne jede Aufforderung – offenbar wollte er allen Gerüchten zuvorkommen – in einem triumphierenden Tone mit, seine Frau sei ihm zwar unlängst durchgegangen, bald aber wieder reuig zu ihm zurückgekehrt. Ich sagte, das komme oft vor. Auch ich hätte zuerst mit Stahlfedern geschrieben, sei dann zur Füllfeder übergegangen, um enttäuscht wieder auf die Stahlfeder zurückzugreifen, ohne deswegen die Hoffnung aufzugeben, dereinst in den Besitz einer Schreibmaschine zu gelangen. Er erwiderte arglos, das hätte wohl in der schlechten Qualität der Füllfeder seine Ursache gehabt und träfe es sich direkt ausgezeichnet, daß er gerade jetzt die Vertretung einer erstklassigen amerikanischen Füllfedermarke besitze. Ich bekam einen unendlichen Lachkrampf, überlegte noch, ob ich mir nicht ein Bisserl von dem Lachen einwickeln und für die Tage der Trostlosigkeit aufheben sollte, da ging auch schon der komische Mensch fort, beleidigt, als hätte ich ihn durch mein Gelächter in seiner — kaufmännischen Ehre angreifen wollen. Seitdem sind wir nicht mehr verwandt.

Allein irre ich in der großen Stadt umher. Niemand schenkt mir Beachtung. Höchstens hie und da ein auf dem Dache eines vorbeifahrenden Geschäftswagens ängstlich herumlaufender Pintscher, der bellt mich an. Ich hätte oft Lust zurückzubellen. Leider verbietet das der Anstand. Man muß das Dekorum wahren. Und so kann ich auch zu diesem Pintscher nicht in nähere Beziehung treten.

Früher habe ich geschrieben. Aber als ich das letztemal einen Blick ins Tintenfaß warf, lagen darin zwei Fliegen. Ertrunken.

Was da vorgefallen war, ein Doppelselbstmord aus Liebe ... oder ein Absturz in den Glasbergen infolge ins Rollen geratener Staubkörner ... das ließ sich nicht mehr eruieren. Das Wort: „Ruhm" zerbarst in mir; wer weiß was diese Fliegen für ihr Volk gewesen waren! Ein Grauen überkam mich, es abzuschütteln ging ich ins Freie, geriet in die Nähe der Kahlenbergbahn und sah — neben dem einem Bahnbediensteten gehörigen Hause — auf einem Misthaufen einen alten und einen jungen Hahn miteinander um die Weltherrschaft kämpfen.

Ganz hingenommen von diesem Ereignisse ging ich heim, und wunderte mich am nächsten Morgen sehr, in keiner Zeitung die kleinste Notiz über diesen Gigantenkampf um die Hegemonie auf dem Düngerhaufen zu finden. Gar die Nachricht von dem erschütternden Ableben der beiden Fliegen dürfte überall erst nach Schluß des Blattes eingetroffen sein.

Die zwei Hähne hatten ihren Kampf mit dem Aufgebot aller Kräfte geführt, es war keiner jener betrügerischen Schauringkämpfe gewesen, alles war gewiß ehrlich zugegangen und doch kein Wort! Vielleicht ebendeswegen ... Sohin hätte eigentlich für mich die Verpflichtung bestanden, alle Blätter der Welt zu berichten. Aber bei dem diametralen Gegensatze der Weltanschauungen, der mich von den Herausgebern illustrierter Publikumszeitschriften trennt, bei der Verschiedenheit der Dinge, die sie und ich wichtig zu nehmen organisiert sind, war es ziemlich fraglich, ob ich mit meiner Ansicht durchdringen würde. Ja, wenn die abgestürzten Fliegen Besitzer eines Powidlbergwerkes gewesen wären und Pollak geheißen hätten, die Hähne ... der österreichische Vorkämpfer, Schachmeister Papabile, und der andere der präsumtive Champion of the World ... dann hätte man sich nicht auf die Straße wagen können, ohne bei jedem zweiten Schritt aus dem Hinterhalte der Trafikenauslagen von den Alltagsgesichtern dieser Heroen angeglotzt zu werden ... Bleiben wir lieber für uns und erledigen selbst unsere Angelegenheiten. Bezüglich der Hähne konnte ich ja nichts mehr veranlassen, es wäre auch mir, dem Autor, ferngelegen, etwa Partei zu nehmen und gewaltsam in den Gang der Schlacht einzugreifen. Ebenso fern wie etwa den Schlummer der zwei ins bittere Tintenfaß des Todes gefallenen Fliegen durch eine Exhumierung und darauffolgende Feuerbestattung zu entweihen ... Ich beließ sie an dem Ort, wohin sie das Schicksal geworfen. Bei dem Unbekanntbleiben kühnster Heldentaten wird niemanden mein Entschluß überraschen: alles, was ich in Hinkunft noch aufzuzeichnen habe, um es sozusagen noch vergänglicher zu machen, mit Bleistift niederzuschreiben; eher kann man mir Selbstsucht nachweisen in meinem pietätvollen Vorgehen den Fliegen gegenüber. Denn was kann besser zu meiner Stimmung passen als der für andere, robuster geartete vielleicht gar nicht wahrnehmbare Geruch ihrer Verwesung?

***

Jetzt habe ich einen Anlauf genommen und mir ein Straßenverzeichnis gekauft. Ich hätte das schon früher tun sollen. Leute wie ich, deren Schwerpunkt außer ihrem Selbst liegt, irgendwo im Universum ... jedem Eindruck hingegeben sind wie Wachs ... die müssen ihr Sensorium unaufhörlich füttern und sei es mit Geschäftsschildern, um über gähnende Leere hinwegzukommen.
Ich reise im Kleinen. Tirol ist ein schönes Land, aber es werden dort bald die Baedeker auf den Bäumen wachsen, und die meisten gar reisen,

indem sie ihr Milieu mitnehmen ... in Form ihrer Verwandten und Freunde. Überhaupt ist es ganz gleichgültig, wohin wir reisen: wir gehen ja mit. Können uns nicht zu Hause lassen. Diese Art zu reisen behagt mir nicht. Wenn schon, dann aber in die Zeit. Ich möchte einen Herrn aus dem 14. Jahrhundert sprechen, ich möchte dem Herrn Menemptar meine Aufwartung machen, dem altägyptischen Dichter, vokalgewaltigen Lyriker, weltberühmten Verfasser des Hymnenzyklus „An das Nilkrokodil", bin aber leider so sehr außer aller Form, daß ich durch keine Vision oder Halluzination den Wackern vor mich zwingen kann. Techniker! her mit der Zeitbahn. Nein, bevor nicht ein Kondukteur ... mit dem Globus an der Uhrkette ...: „Cambrium! Aussteigen!" ruft, früher tu ich nicht mit. Oh, auch dann nicht, denn kaum so etwas existiert, ist auch der Herr Pollak dabei und läßt im Cambrium seine Butterbrotpapiere liegen. Und das hat es wirklich nicht verdient. Ich sehe schon, es ist besser, ich gehe hier spazieren, auf der Linzerstraße, weil das die zweitlängste Gasse von Wien ist ... Ich möchte auch die zweitlängste Gasse von Wien sein ... mir wäre dann leichter.

Was es zu sehen gibt? Nicht viel. Neben einem Laden, in dem Regenschirme feilgehalten werden, steht ein Literaturverschleiß, Papierstreifen posaunen den Ruhm des Buches der letzten Tage, nebenan andere das endliche Eintreffen der neuen Heringe. Die einen mögen das eine geniale Einrichtung der nichtorientalischen Großstadt nennen, die übrigen, Ländlichen, über diese Unordnung verrückt werden. Ich aber weiß nicht, welches die Regenschirme, welches die Bücher und welches die Heringe sind: vor meinen Augen verschwimmen alle Unterschiede, sie werden mir zu minimal, als daß ich in den scheinbar so diversen Gegenständen mehr als geringfügige Abstufungen ein und derselben Materie zu erblicken vermöchte ... Abstufungen, die ewig wiederkehren, während bloß die menschliche Ausdrucksweise wechselt. Denn sage ich, ein Buch aus der Hand legend: „Diesen Hut muß ich schon irgendwo gesehen haben", oder bringt mich das Verzehren eines falschen Hasenbratens auf die Idee, daß ich es hier mit einem Modetalent zu tun habe, das solcher Anschauungsart begrifflich und stofflich zugrundeliegende ist und bleibt ein und dasselbe, sonst wäre sie unmöglich. Man glaubt, ich sei paradox? Ich habe bloß von einem Betrunkenen gelernt.

Es war Abend, ich ging die Linzerstraße retour, um mir die Häuser auch in umgekehrter Reihenfolge zu merken, da stolperte eine schwankende Gestalt auf mich zu und fragte: „Wo san mer denn doda?" Ich entgegnete ihm, wir befänden uns auf der derzeit zweitlängsten Gasse Wiens, auf der Linzerstraße. „Dö gibts ja gar net", scholl es zurück. „Sie haben gewiß zuviel Schopenhauer konsumiert, guter Mann!" „Da schneidens eahna aber gründli, dös war Zöbinger Riesling", entgegnete der nur von Herrn Pallenberg darzustellende Unbekannte, und ich sann darüber nach, ob nicht vielleicht auch Schopenhauer, von Dionysos hinweggerafft, auf seine berühmte Theorie gekommen sei. Ähnlich wie ihn. angeblich Lord Byron, ihm vorgezogen, zum Weiberfeind gemacht haben soll. Die Theorie des Betrunkenen hatte etwas für sich, denn wirklich: nahm man der Linzerstraße die Zeit weg, dann bleibt nichts übrig als Materie, die sich hie und da den Spaß erlaubte, sich aus dem Cambrium in die zweitlängste Gasse Wiens zu verwandeln ... „Wo san ma denn jetzt?" fragte eine mühsame Stimme. „Auf der Linzerstraße", ärgerte ich mich. „Scho wieder!" war die Antwort ... man mußte vermutlich herben Weines voll sein, um das Gesetz von der ewigen Wiederkehr des Gleichen zu entdecken. Weiser und Wahnsinniger, Wahnsinniger und Betrunkener — wo ist da der Unterschied? Ist es mit der Weisheit der großen Philosophen nicht so weit her, jener Bazillus, der Weisheit erregt, am Ende nicht sonderlich verschieden von anderen, nicht so renommierten ... oder sind die orphischen Urworte der Herren nur umso wahrer, weil sie sich jeden Augenblick aus dem durch nichts gehemmten Unterbewußtsein eines vom Weine Entrückten ergießen konnten? ... Der große Unbekannte machte Halt, und versuchte eine Laterne am Umfallen zu verhindern ... ich Tor ging weiter — später allerdings bedauerte ich es, mich nicht mit ihm in ein lehrreiches Gespräch eingelassen zu haben, um, wenigstens! zu erfahren, wieso er auf die Vermutung gekommen sei, die Linzerstraße existiere nicht. Damals, erfüllt von der Freude, von jemandem eines Gespräches gewürdigt worden zu sein, Freude über dies für meine

Verhältnisse große Erlebnis, ging ich mit schnellen Schritten heimwärts ... vielleicht aus Furcht, von einem Wachmann bei dem Betrunkenen ertappt und als Dieb verhaftet zu werden.

Kein Policeman erschien. Aus Vorsicht. Denn es strolchten Plattenbrüder herum, streiften mich nicht ganz rücksichtsvoll und da der Abend so von Abenteuern gestrotzt, hatte ich mich mit dem Gedanken eines nächtlichen Überfalls vertraut gemacht und war bereits entschlossen, dem nächsten Bedrohlichen zuvorzukommen und ihm aus freien Stücken meine Geldbörse und Uhr entgegenzuhalten, mit dem Wunsche, er möge sich fürderhin ihrer bedienen ...

Es wäre für mich nichts Leichtes gewesen, mich von meiner Uhr zu trennen, der Quelle unzähliger kleiner Lustbarkeiten. Denn wie oft habe ich in einem Park, wenn es mir zu ermüdend wurde, einen der alten Herren zu beobachten, welche den ball- oder diabolospielenden Kindern zusehen ... die Zeit zu gerinnen begann und in die Ewigkeit zu kreisen schien, wie oft habe ich mich da einem der Knaben genähert und ihm zugeredet: „Möchten Sie nicht die Güte haben, mich zu fragen, wie viel Uhr es ist?" ... Ich glaube, man kann die Höflichkeit unmöglich weiter treiben. Die alten Herren wenigstens drückten durch Stockbewegungen ihr Befremden aus, aber ihr Betragen kümmerte mich nicht, sie waren ja meine Konkurrenten, was das Zeitbieten anlangt ... und wenn mir ein mutiger Knabe meine Bitte gewährte, was ja manchmal geschah ... dann ließ ich den Deckel springen und gab chronometrisch genau an, wie weit der Tag vorgeschritten war ... und mein Vergnügen darüber war nicht geringer als das eines Gefirmten, der zum erstenmal als Zeitkünder funktioniert ... Es läßt sich daher begreifen, wie ungern ich die Uhr weitergegeben hätte, einen für den Vertrieb meines Geschäftes unumgänglich nötigen Gegenstand ... Möglich, daß die Strolche justament nicht wollten: vorbeifahrende Straßenpflüge und ihre Lenker, in deren Nähe ich mich hielt, brachten mich in Sicherheit und überhoben mich der Ausführung meines Planes ...

Wenn einmal ein Tag ereignisreich anfängt, nimmt er gewöhnlich einen nicht minder lebhaften Verlauf: Kanalräumer hoben die Gitter aus und schickten sich herkulisch an, in die Unterwelt hinabzusteigen. Bei ihrem Anblick brach in mir eine alte Wunde auf, die unstillbare Sehnsucht ward in mir wach, Kanalräumersgattin zu sein. Die meisten anderen Frauen ehebrechen des Tages, sie aber können – ohne Gefahr zu laufen, ertappt zu werden – diesem ihren Berufe des Nachts nachgehen. Ich empfehle dieses Thema der Beachtung unserer Dramatiker. Überlasse es ihnen großmütig. Wie ich auch sonst die heimische Industrie zu unterstützen gesonnen bin ...

Nein, der Hausmeister, der mich solang warten läßt, soll nicht mehr über mich zu klagen haben. Als er seinerzeit auf meinem Meldezettel unter der Rubrik: Religion „Griechisch-paradox", unter: Beschäftigung las, ich strebe eine kleine Anstellung beim Chorus mysticus an, soll er in die

Worte ausgebrochen sein: „A so a Kampl hat im Dreirösselhaus, was i und meine Frau denken, no nie net gwohnt." Er soll nicht zu reden haben. Ich will mich vermittels des Straßenverzeichnisses ernsthaft auf die Fiakerprüfung vorbereiten. Oder noch besser: ich gedenke unter die Erfinder zu gehen. Was ich erfunden habe? Ich werde mir mein Tintenfaß als Fliegenfänger patentieren lassen. Ich teilte die mit mir vorgegangene Wandlung sofort dem Hausmeister mit. Er sah mich verschlafen und unsicher an, nach Erhalt des Sperrsechserls wünschte er mir sogar: „Gute Nacht!", und holperte auf seinen Schlapfen bettwärts. Aber auf seiner Denkerstirn stand geschrieben: „Was san Sö? Schlafens eahna erst eahnern Rausch aus!" ... Erfinder? Das schließt nicht aus, daß ich mich vielleicht schon morgen in die Kleidung eines Cabkutschers oder eines Karfiolslowaken hülle, die Bekanntschaft einer Kanalräumerin zu machen trachte, und ihre eheliche Treue einer Probe unterziehe ... Nein, das werde ich nicht tun, ich fühle nicht mehr die Kraft dazu in mir. Der zweifelnde Blick des Hausmeisters hat alle meine Energie hinweggenommen. Und als ich im Schein des zusammensinkenden Wachsstengels aus der Visitkarte, die auf der Tür meines Kabinetts mit separiertem Eingang prangt, ersah, daß ich der Herr Karl Tubutsch war, da sagte ich leise, niedergeschmettert, nichts als: „Scho wieder!" ...

***

Oft in der Nacht fahre ich auf. Was ist? Nichts, nichts! Will denn niemand bei mir einbrechen? Alles ist vorausberechnet. O, ich möchte nicht der sein, der bei mir einbricht. Abgesehen davon, daß – meinen Stiefelknecht Philipp und vielleicht noch ein Straßenverzeichnis ausgenommen – bei mir nichts zu holen ist, ich gestehe es offen und ehrlich: ich kenne den Betreffenden zwar nicht im geringsten, aber ich habe es auf den Tod des armen Teufels angelegt. Das Federmesser liegt gezückt, mordbereit auf dem Nachtkastel. Philipp, der Stiefelknecht, wacht wurfgerecht darunter ... will denn niemand bei mir einbrechen ... ich sehne mich nach einem Mörder.

Wenn ich wenigstens Zahnschmerzen hätte. Ich könnte dann dreimal „Abracadabra" sagen, auch das heilige Wort „Zip-zip" dürfte die gleiche magische Wirkung haben ... und wenn es mit den Schmerzen selbst dann nicht besser würde, möchte ich keineswegs zum Zahnarzt gehen, nein, die Schmerzen hegen und pflegen, sie nie erlöschen lassen, immer wieder wachrufen. Es wäre doch wenigstens ein Gefühl! Aber meine Gesundheit ist unerschütterlich.

Daß irgend ein Leid seine Krallen in mich schlüge! ... Nur die andern, die Nachbarn haben dies wenig gewürdigte Glück. Hier im Haus wohnt ein behäbiges Ehepaar, beide verdienen hübsch, sie ist erste Verkäuferin in einem großen Modewarenhaus, er Oberpostkontrollor, sie haben ein einziges Kind und lassen sich nichts abgehen. Unlängst ist ihm der Vater gestorben, den er schon zwanzig Jahre bei sich wohnen hatte. Es war in den Ferien, die Leute hätten also Zeit gehabt. Und diese Unmenschen beraumen das Begräbnis für den Vormittag an, stehen in aller Früh auf, damit sie vor halb acht Uhr mit der Elektrischen um sechs Kreuzer auf den Zentralfriedhof fahren können!

Wenn mir wer gestorben wäre, den rechtschaffen zu betrauern ich Ursache hätte, ich hätte mir zumindest einen Fiaker spendiert. So ist es: den Menschen, die nicht trauern wollen, sterben die Verwandten ... mir jedoch ... ich darf nichts erleben, bin sozusagen ein Mensch, der in der Luft steht ... Sechs Kinder sitzen friedlich und brotessend rund herum um einen der Pflasterung beflissenen Straßenarbeiter, drei rechts, drei links, und staunen seinem Werke zu; ich möchte mich auch daneben hinsetzen, schon um die darüber entstehende Verwunderung und Verlegenheit des lieben Straßenräumers zu genießen. Unmöglich. Bei dem heutigen Stande der ärztlichen Wissenschaft würde man mir gewiß meine wirklich bescheidenen Freuden durch eine kleine Internierung stören ...

***

Ich nehme mein Diner täglich in einer Würstlerei ein. Es kommen immer so ziemlich dieselben scharfgeschnittenen Gesichter hin, Kommis, gehetzt und eine Zigarette im Mund, hastige Modistinnen, die nicht einmal so viel Zeit haben, ein Sacktuch fallen zu lassen, wenn es nötig ist ... arme alte Leute, Reisende oder Fremde, von denen

irgend ein Körperteil etwas im Krankenhaus zu tun hat ... es kennen mich fast alle Besucher schon ... bis auf den buckligen Hausierer, der hie und da durchgeht und Zündhölzelschachteln, Bleistifte, Manschettenknöpfe, Briefpapier und Hosenspanner an den Tischen herumbietet. Wie gesagt, die Menschen kennen mich, aber würde es einem aus der Gesellschaft einfallen, mich zu fragen, warum ich in roten Glacéhandschuhen esse? Und ich esse doch nur deshalb in Handschuhen, damit man mich fragt und ich antworten kann: „Ich pflege mir in der Zerstreutheit die Nägel zu beißen und damit das nicht geschieht, und sie ruhig wachsen und der Vollendung entgegen reifen können, trage ich Handschuh ...“ Ich habe mir die Glacéhandschuh vergebens gekauft. Sie halten mich entweder für zu verrückt oder für zu fein, als daß sie es wagen würden, mich anzusprechen ... Niemand forscht mich aus, nicht einmal Thekla, die bleiche, schwarzlockige Kellnerin, die mich täglich fragt, ob ich Gurken, Senf oder Krenn zu den Würsteln dazu haben wolle ... Thekla, der ich immer drei Kreuzer hinschiebe, nicht einmal sie erleichtert mein Gemüt durch eine so naheliegende Frage, obgleich sie doch gewissermaßen dazu verpflichtet wäre.

***

Ich fürchte, das wird noch einmal traurig mit mir enden. Ich gleite in immer zweideutigere Sphären herab. Gewiß: Leute, die mit moral insanity begnadet sind, Verbrecher, von dem großen Kannibalen Napoleon angefangen bis zu dem kleinen Kind, das eine Zwetschke stiehlt und, von dem Söhnchen des Greislers verfolgt, zuerst „Mutter!" ruft, dann aber, jedenfalls die Beute zu sichern, sie in den Mund steckt, sie alle sind von der Natur mit Recht begünstigte Wesen, meist mit Gewissensmangel und jede Reue ausschließender Gedächtnisschwäche gepanzert: auch das, was darwinferner Schwachsinn den Materialismus unserer Zeit nennt, der Amerikanismus, die bewunderungswürdigen Trustlöwen, sie sind moralisch berechtigt wie die Verzehrung von Ochsen, die Existenz von Kameelreitern beim Vorhandensein von Reitkameelen. Was man aber nicht zu rechtfertigen vermag, ist: anderen Leuten die kostbare Zeit stehlen und Unheil stiften, ohne selbst daraus Nutzen zu ziehen. Aus langer Weile, um unter Menschen zu kommen und sie kennen zu lernen, bin ich zu Prinzipalen hinaufgegangen, die annonciert hatten ... mich vorstellen als Hausknecht, Mittelschullehrer, Buchhalter, Graveur, Korrespondent, Hofmeister, Kammerdiener etc. Und nach langem unklaren Hin- und Herreden, bis die Leute ganz verwirrt waren, empfahl ich mich stets mit den Worten, ich wolle es mir überlegen und eventuell ein zweitesmal vorsprechen. Ein Nachsichtiger könnte das vielleicht noch einen relativ harmlosen Ulk heißen. Verwerflicher, boshafter, heimtücki-

scher ist es schon, wenn sich einer absichtlich auf
den den Liebespaaren geweihten Bänken nieder-
läßt, nichts dergleichen tut, wenn es noch hell
ist, Zeitung liest und die Verzweifelnden zum Auf-
bruch nötigt ... bei der geringen Anzahl der Sitz-
gelegenheiten gleicherweise gehaßt von den
tschechischen Ammen, die sich nur auf den Bänken des Kaiser Wilhelm-Rings schwängern lassen ... von den langen Bosniaken des Votivparkes
wie von den Deutschmeistern der Augartenanlage
gefürchtet, dieses Spiel bis tief in die Nacht hinein
fortsetzt. Angeblich um Daten zu sammeln für eine
Statistik über die Zeit, die zwischen dem ersten
Kuß und der Umarmungspremiere verläuft ...
Man wird sich fragen, warum ich nicht diese scha-
len Vergnügungen sein ließ und mir nicht selber
etwas leichteren Zeitvertreib gönnte? Hat es schon
sein Vorteilhaftes, Besitzer eines Hundes zu sein,
wegen der Fülle der damit verbundenen zeitver-
zehrenden Beschäftigung, wie weit werden diese
simplen und harmlosen Genüsse, die ein armseli-
ges Tier zu gewähren vermag, durch jene über-
strahlt, welche die Gesellschaft eines Weibchens
verschafft. Ich wende ein: wenn selbst ein home-
rischer Held satt wird „des Schlafes sogar und der
Liebe, auch des Gesanges und fröhlichen Reigen-
tanzes", was für Gefühle und Müdigkeiten soll da
erst unsereiner zu registrieren haben? Noch gellen
mir in den Ohren die in den Momenten der Ver-
zückung hervorgestoßenen: „Ah", „Oh", „Jessas"
und „Hast du mich auch wirklich lieb" der Wie-
nerinnen — wenn es Lyrikerinnen sind, sagen sie

vermutlich: „Tandaradei!" ... Die „Jaj", „Joj" und „Juj" der Ungarinnen, ich höre sie, auch wenn ich mir die Ohren zuhalte. Die Berlinerin sagt: „Schmeckt schön!" Die einzigen, die nichts redeten, waren die Zigeunerinnen; aber man tat gut daran, wenn man sich ihnen in Liebe nahte, die Uhr zuhause zu lassen ... und konnte dann noch von Glück reden, wenn «Trántire» und «Chnarpediches» einen nicht als Vater ihrer Kinder angaben, die von rechtswegen dem ganzen Offizierskorps der nächsten Garnison hätten ähnlich sehen sollen ... Ja, noch eine war so vernünftig, zu schweigen ... Marischa, die Frau des Dorfrichters von Popudjin. Sie liebte, wie sie sich einen Riegel Brot abschnitt. Alle ihre Bewegungen waren von einer maschinenmäßigen Sicherheit. Ewig unvergeßlich wird es mir bleiben, wie wir uns zum erstenmal fanden. Es war am Morgen nach ihrer Hochzeit, von der ich nichts wußte, sie, mir unbekannt, mähte auf taufeuchter Wiese, im Vorwärtsgehen sich in den Hüften wiegend ... die kurzen, ihre Waden freilassenden Röcke kamen nie aus dem Schwung ... ich schlenderte vorbei und konnte es nicht unterlassen, mich zu ihr zu neigen, und dem schönen, frischen Weib blühende Wangen und Kinn zu streicheln. Sie wurde rot, wehrte mir aber nicht: der Tod stand hinter mir, der Bauer mit der Sense. Und ich hatte noch die Geistesgegenwart, zu sagen: „Frau, also ich darf mir heut Nachmittag die Maulbeeren in ihrem Weingebirge selbst holen?" Der Bauer glotzte wie ein Ochse. Sie, sich noch tiefer bückend, als wolle sie mir etwas auf den

Boden Gefallenes suchen helfen, bejahte, und am Nachmittag waren im Weinberg nicht bloß die Maulbeeren anwesend ... Und wenn ihr Mann und ihre Mutter auf der Wallfahrt weg waren nach Gassin, dann ließ sie mich's wissen und ich schlich zu der Stallduftenden ins Zimmer, dann in der Dunkelheit, im Hof mich in acht nehmend vor dem Düngerhaufen rechts und der Jauche links, nachhause – die gefahrvolle Liebe zwischen Jehangir Mirza und der Maasumeh Sultan Begum zu besingen ... Die Begeisterung aber mußte bald erlahmen bei dem niederdrückenden Widerstreit kleinlicher Schicksale mit ungeheuren Gefühlen und Vorstellungen; es ist ja auch ökonomisch auf die Dauer unmöglich, Ambrosia zu fabrizieren, während man selbst Kot fressen muß ... Außerdem die unglückliche Begabung, selbst bei dem geliebtesten Weibe das Skelett zu sehen, wodurch wohl die Umarmung ein oder das andere mal schluchzender werden kann, schließlich aber maßloses Grauen mich vom Weibe scheiden mußte ... man gehe mir mit der Liebe! Eher möchte ich mir einen Hund halten. Die Hausmeisterin, kinderlos, hat einen, den ich hochschätze. Junger Zwergbulldogg, hält im Hof Cercle unter den Kindern; wenn sie ihm Rüben, Kalbsleber oder Würsteln bringen, hört er auf die Namen Schnudi, Puffi, Bubi und noch einige andere. Will wer bloß schön tun mit ihm, ignoriert der Yankee alle Zurufe, wird man zudringlicher und ist man etwa eine alte Witwe, die ein Rosamascherl an seinem Hals befestigen möchte, knurrt er Warnung und schnappt zu. Seine

unbegrenzte Reaktionsfähigkeit, sein jugend-
frischstiermäßiges Zufahren auf jedes ihm vorge-
haltene Taschentuch oder Papier, nicht zum
letzten seine vorbildliche Selbstgenügsamkeit
haben ihn zu meinem Ideal gemacht. Er vermag es,
stundenlang dazuliegen und ohne jede Spur von
langer Weile ein und denselben Knochen zu hyp-
notisieren, empfindet kein Bedürfnis nach irgend
einer Wandlung, kein Lehrer sagt ihm ironisch: „Sie
werden es noch weit bringen", er weiß es so tief,
daß es ihm gar nicht mehr zum Bewußtsein kommt:
niemand kann es weiter bringen als zu sich. Ich
jedoch muß, wenn es mir zu fad wird, „Ich" zu sein,
notgedrungen ein anderer weden. Gewöhnlich bin
ich Marius und sitze auf den Ruinen von Karthago;
manchmal aber bin ich der Fürst Echsenklumm,
unterhalte Beziehungen zu einer Opernsängerin,
gewähre dem Chefredakteur Armand Schigut be-
reitwilligst ein Interview über den Handelsvertrag
mit Monaco, verbiete meinem Kammerdiener
Dominik – dargestellt durch den Stiefelknecht
Philipp – jemanden vorzulassen, die Baronin Zahn-
stein ausgenommen ... und kaum mir das ewige
Durchlaucht hin, Durchlaucht her auf die Nerven
geht, werde ich eine gefeierte Diva, haue meinem
nichtswürdigen Direktor, dem ich das schon lange
gewünscht hab, eine herunter oder appliziere ihm
einen Sessel. Um mich von dieser ungewohnten
Anstrengung zu erholen, wollte ich gerade der
Dichter Konrad Seltenhammer werden, und im
Café „Symbol" schweigend eine Zigarette rauchen.
Als mich der Stiefelknecht unterbrach. Er hatte

es satt, immer die Diener, Direktoren, Ruinen von Karthago, Zigaretten darzustellen, sehnte sich danach, auch einmal Fürst, Heroine, dramatischer Schriftsteller zu sein. „Stiefel", sagte ich zu ihm, „Stiefel! Hochmut kommt vor dem Fall." „Meister", sagte er, „Meister! Ich bin kein gewöhnlicher Stiefelknecht." „Das ist selbstverständlich. Ein Stiefelzieher, der in meinen Diensten steht, ist eo ipso mehr kein gewöhnlicher Stiefelzieher." „Ich meinte es nicht so." „In deinen Fasern stockt Götterblut? Bist du eine verzauberte Prinzessin oder gar jener Stiefelzieher, den Zeus der Hera insinuierte?" „Das nicht, aber immerhin aus einer alten Familie. Wisse: ich stamme in gerader Linie von dem berühmten Stiefelzieher ab, den Mithridates verschluckte, um seinen Magen gegen alle Gifte zu feien." „Der muß seinen Herrn genau so sekiert haben, wie du mich, daß er zu der Verwendung gekommen ist." Philipp verbat sich alle derartigen Anspielungen auf die Schicksale ebenso verdienstvoller erlauchter Ahnen. „Sonst kündige ich schonungslos. Ohnehin bin ich als Präsident in Aussicht genommen für den demnächst in Amerika stattfindenden I. Internationalen Stiefelzieherkongreß. Roosevelt selbst …" „Roosevelt?" „Ich meine den Stiefelzieher Roosevelts. Wir nennen ihn Roosevelt, der Kürze wegen … er hat mich eingeladen zu präsidieren … eben wegen meiner Eigenschaft als Nachkomme eines berühmten … oder glaubst du, der Stiefelzieher des Herrn Tubutsch …?" „Ja, wie kommst du denn nach Amerika, o Stiefelknecht meiner Seele?" „Mein Leib, mein schlechter Leib bleibt hier liegen, mein Geist schwingt sich auf, entfliegt, kriecht in einen Leitungsdraht und ist im Nu drüben. Früher waren wir schlechter dran, Blitze sind nicht immer zu haben und auf den Vagabunden, den Wind, war kein Verlaß, der hat uns immer justament dort abgesetzt, wo wir absolut nicht hinwollten ... am Tanganikasee oder auf den Fidschiinseln ... wo weit und breit keine verwandte Seele zu treffen war ..." Es schmeichelt mir, mit einem Wesen in Kontakt zu sein, durch das ich dem Präsidenten der Vereinigten Staaten gewissermaßen sehr nahe stand, wir schlossen miteinander einen Pakt, demnach wir von nun an in den Hauptrollen abwechselten. Er war der Greißler, der: „Heut ham mer aber an fein Primsenkas!" sagte, ich die Kunde, die achselzuckend ein Stück davon kostete. Dann war wieder ich das Elefantenbaby ... im Kreise rund herumlaufend ... und er das „Nein! wie lieb!" rufende Kind; endlich er der Baumstamm, mit einem Hut auf einem Ast donauabwärts treibend bis ans schwarze Meer, ich der über ihn fluchend ins Wasser gefallene Ruderer, die Wasserratte, die zwischen den Wurzeln haust oder die das Billett des Baumstammes auf seine Giftigkeit prüfende Fischotter. Bis die Unmöglichkeit, durch eine wenn auch noch so große Willensanstrengung mir selbst und den anderen Leuten meine Verwandlung in den Fürsten Echsenklumm oder in die Wasserratte auch äußerlich wahrnehmbar zu machen, mir die Lust an diesem Spiel verdarb. „Philipp!" sagte ich, „komm her." Philipp kam, wenn auch widerstrebend, als schwante ihm Unheil. Ich schlug ihn sorgfältig in braunes Packpapier ein und ging spazieren. Aber niemand der Vorübergehenden wollte mich fragen, was in dem kleinen braunen Paket enthalten sei. Und ich hatte doch schon eine kleine Rede vorbereitet: „Meine Damen und Herren! Hier sehen sie durchaus nicht Gewöhnliches! Ein sprechender Stiefelzieher! Er stammt ab von dem Stiefelknechte seiner asiatischen Majestät, des Königs Mithridates von Pontus ... demnächst wird er dem I. Internationalen Stiefelzieherkongresse präsidieren. Roosevelt selbst ..." Niemand war neugierig und aufdrängen wollte ich mich nicht ... daß ich unbefragt blieb, wäre möglicherweise noch zu ertragen gewesen, doch seitdem ich so treulos an ihm gehandelt, seine Geheimnisse zu profanieren gesucht, verstummte Philipp ... seine Seele war wohl für ständig nach Amerika ausgewandert ... ich war wieder allein ...

***

Früher träumte ich vom Ruhm. Er wurde mir nicht zugestellt. Und was blieb, waren Sarkasmen gegen die Glücklicheren. Darin war ich seit jeher groß. Als ich nichts mehr in mir zu zerfressen hatte, zerfraß ich andere. Nun bin ich schwächer, milder geworden. Wie gesagt, ich schreibe mit Bleistift. Meine Nahrung ist zart wie die eines Kranken. Einen ganzen Vormittag brachte ich unlängst damit hin, einem General zuzuschauen, der auf der Mariahilferstraße vor jeder Auslage stehen blieb, ob es nun ein Wäschegeschäft war oder ein Friseurladen. Es war nach den Manövern. Ich fühlte weder Schadenfreude noch Mitleid; stand bloß da und sah zu, solang bis ich der General war und mich fähig fühlte, die Rolle zu übernehmen, die er des Weiteren durchzuführen hatte. Die Art, wie er den Säbel hob, um nicht das Pflaster zu streifen, sonst eine Reflexbewegung, war unsäglich traurig ... Am nächsten Tag vertiefte ich mich ebensolang in eine Dohle, die vor einem Blumengeschäft in der Weihburggasse auf und ab, rastlos auf und ab trippelte. Die gestutzten Flügel, gebrochen, streiften den Schmutz der Pflastersteine. Und hatte einige Tage vorher noch den Stephansturm umkreist oder eine Brigade kommandiert ... Ich hätte sehr gern eine Zusammenkunft zwischen dem General und der Dohle vermittelt. An so große Unternehmungen aber wage ich mich nicht mehr, seitdem mir die letzte so mißglückt ist ...

Ich kam auf meinen Fahrten häufig an einem Gasthaus vorbei, dessen Wirt mit dem Vornamen Dominik heißt. Nun ist der Vorname Dominik unter Wirten kein seltener, warum? Das ist unergründlich; dadurch jedoch, daß ich so oft an dem Schild dieser Weinstube vorüber mußte, spannen sich nach und nach Beziehungen zwischen mir und seinem Inhaber. Nicht, daß ich den Wirt je gesehen hätte, Gott bewahre! derart realer Vorbedingungen bedarf es bei mir nicht ... Aber als ich eines Tages in den Kalender sah, da fand ich, daß es sein Namenstag war. „Heute solltest du aber doch einmal zu ihm hineinschauen", dachte ich und zog mir die roten Glacéhandschuhe an. Ich trat ein. Es geschah nichts von dem, was ich erwartet hatte. Ein Mann in einer blauen Schürze, das Abwischtuch auf der Schulter, der Hausknecht, bediente mich. Ich warte und warte, um des Geehrten ansichtig zu werden. Er kommt nicht. Überhaupt nichts dergleichen. Ich werde ungeduldig und will schon bald gehen und frage den Hausknecht, wo sein Herr bleibt. Der Kerl zögert mit der Antwort, ich sage es ihm auf den Kopf zu, der Wirt habe vermutlich Brauereizahlungstag und sei ausgerückt. So kam es ans Licht: der Gastwirt war verräterischerweise zu einem Heurigen gefahren, hatte an seinem Ehrentage sich entfernt, um bei einem anderen Wirte, also sozusagen bei sich, zu zechen. Die Vorstellung ist gewiß urkomisch und das Sujet eines Niederländers würdig: ein Wirt, der bei einem andern Einkehr hält; aber ich hatte Zeit und Geld geopfert und war doch nicht zu jener Erfüllung gekommen, die ich ersehnt hatte. Als wollte mich das höhnende Schicksal, das so gern dem Kleinen alles nimmt, um dem Großen noch mehr zu geben, meiner geringen Erlebnisse, des ungeheuren Anblickes eines seinen Namenstag feiernden Wirtes, berauben. Komisch, doch typisch, denn derartige Vorfälle wurden wiederholt gegen mich ausgespielt. Vielleicht, um mich des Lebens Unfähigen durch solch „feines Positionsspiel" herauszuekeln. Ich rede nicht davon, daß ich früher, als ich noch Bekannte hatte, sie oft Monate nicht sah, dann wieder eines Tages sie sich offenbar zu dem Zwecke zusammengetan zu haben schienen, mir durch eifriges Grüßen zumindest eine Armlähmung zu verursachen. Es gibt bessere Beispiele.

Vor Jahren, da ich etwas lebenslustiger war, der erschütternde Tod der zwei Fliegen Pollak sich noch nicht zugetragen hatte und also auch noch nicht mir zum Mahnwort geworden war, mich vor dem Fatum ruhiger zu verhalten, damals hatte ich über alle Bedenken hinweg einen Anlauf genommen und einen Spazierstock erstanden. Um auf Abenteuer auszuziehen. Ohne Spazierstock geht das nicht. Ebensowenig wie ein Ritter seine um Jungfrauen geführten Kämpfe mit Riesen, Zwergen und Drachen ohne Tartsche unternommen hätte oder mit einem Sattel, der noch keinen Namen hatte.

Ich knüpfte eines Sonntags zum ersten- und letztenmale die Krawatte mit jener Sorgfalt, wie sie vergleichsweise höchstens die Propheten auf das Gürten ihrer Lenden verwendet haben dürften und fuhr mit der Tramway nach Sievring hinaus. Keine kleine Wollust, an den Haltestellen vorbei zu sausen, während andere starr bei ihnen stehen bleiben mußten. Bei der Billrothstraße stieg leider ein entfernter Bekannter ein, Snob durch und durch, aus der Tasche protzte ihm ein Band Balzac. Ich verwies es ihm scherzend, in die freie Natur gebundene Bücher hinauszuschleppen, noch dazu solche, die bald allgemein getragen würden, machte ihn darauf aufmerksam, daß nur das noch nicht Moderne wahrhaft wert sei, von ihm kolportiert zu werden, er jedoch mißverstand meine

Absicht und zerrte mich in ein längeres Gespräch. Über das Ende Balzacs, wie die Sand Musset, Friederike den Goethe betrogen haben solle, und o Idylle von Sesenheim! als Pfarrerstochter selbstredend ein Kind von einem Theologen zur Welt gebracht hätte – das heißt, wenn man Lenz und einige französische Grenzoffiziere vernachlässigt ... Wahrheit und Dichtung! Wir sprachen über das Weib, wie jedes mit Vernunft oder Phantasie geschlagene männliche oder weibliche Wesen an sich eifersüchtig sei und außerdem notwendig von den tierischen Ahnen ererbte Eifersucht leiden müsse ... kamen vom Hundertsten ins Tausendste und erst als es zu spät war, der Wald uns bereits aufgenommen hatte, tat der Unselige den Mund auf, um mir mitzuteilen, daß ich das Wichtigste versäumt habe. In der Tramway hätte ein fesches, junges Mädchen meinen Witzeleien gelauscht, die ganze Zeit hindurch vorläufig ihre Blicke auf mir ruhen lassen, sei auch nachher uns noch ein hübsches Stück gefolgt, schließlich aber, da sie nicht gut mich ansprechen konnte, abgefallen. Vom Weibe – sprach ich, bis, zwei Schritte entfernt, lachend, sich wiegend und tänzelnd und blühend in seiner Pracht das Leben davonging! ... Als sollte es daran nicht genug sein, da wir auf engem Pfade einer entgegenkommenden Liebeseinheit ausweichen wollten, stieg mir das Weibchen davon auf den Spazierstock, den ich elegisch nachschleifen ließ: der Stock brach – ein deutlich warnender Wink von oben, den kaum betretenen Steig allsogleich zu verlassen ... Auf einer

Wiese nicht weit davon konnte ein sechzehnjähriges schlankes Fräulein, von der Mama begleitet, nichts tun als Herbstzeitlose pflücken. Ich folgte ihrem Beispiele ...

***

Ich lebe immer in der Erwartung eines Ungeheuerlichen, das da kommen soll, eintreten, einbrechen soll bei mir. Ein Orang-Utan etwa, ein Auerhahn mit glühenden Augen, oder am besten ein wütender Stier. Dann aber fällt mir ein, daß der ja gar nicht durch die Tür könnte, und ich lasse meine übergroßen Hoffnungen sinken ... Wenn jemand läutet, erscheinen alle Nachbarn bei den Türen, auch ich gehe sofort an die Pforte meines Kabinetts mit separiertem Eingang ... falls mich einer meiner alten Freunde aufsuchen sollte, bereit, den Überzieher umzunehmen und mit ihm spazieren zu gehen, oder aber, wenn er es wünscht, ihm die Sehenswürdigkeiten meiner Wohnung zu weisen: meinen Stiefelknecht Philipp und — mit umflorter Stimme — die zwei Fliegen Pollak ... Ungeheures oder doch Angenehmes erwarte ich: wenn ich öffne, hat es meistens nebenan geläutet. Oder aber es ist ein Bettler. Denen gebe ich nichts. Erstens habe ich selber nichts, zweitens, wenn man ihnen etwas gibt, gehen sie sofort weg und lassen einen stehen. Und das ist durchaus nicht meine Absicht ... Auch andere Leute sind leider so rücksichtslos, läuten an, und dann, wenn sie ihre Auskunft haben, gehen sie fort. So letzthin ... Klingelt

44

es in aller Früh, ich ziehe mich hastig und unvollständig an, mache auf, stehe im Zug: ein Mann ist draußen, der fragt, ob ich der Herr sei, der das Kristallöl bestellt habe? Ein anderer hätte fluchend die Türe zugeschlagen, ich bin höflich, antworte unvorsichtigerweise: „Nein!", gebe aber nichtsdestoweniger meine Absicht zu erkennen, mich mit ihm in ein Gespräch einzulassen ... schon wegen der Seltsamkeit seines Metiers. Kristallölausträger ... er jedoch dreht sich brüsk um, wendet mir den Rücken zu und schreitet die Stiege hinauf ... und ich muß mich zusammennehmen, daß ich nicht bei dieser Gelegenheit infolge all der erlittenen Enttäuschungen zusammenbreche ...

***

Jehangir Mirza sagt: „Wie ein unkörperlicher Schatten schwanke ich hin und her, und wenn mich nicht eine Wand unterstützt, falle ich platt zur Erde." Eine Wand stützt mich nicht. Mir scheint, mir wird auch so etwas passieren wie ein Fall zu Boden ... Nein, ich halte es nicht mehr aus! Was fesselt mich noch? Schnudi, der kleine Zwergbulldogg ist nicht mehr. Ein alter Mann mit stechendem Bart, einem Pinkel auf den Schultern ... Ahasver ... ist in den Hof gekommen, hat sein „Handlê" gerufen, die Ankunft des Fremden scheint den Hund nicht irritiert zu haben, er fuhr los. Der Hausierer ruft ein-, zweimal „Marschierst?", der Hund hört nicht, schnappt nach den Beinen des Eindringlings. Der spuckt ihm dämonisch zwischen die

Augen und der Hund dreht sich wie wahnsinnig im Kreise herum, mit der kurzen Zunge bemüht, den Fremdkörper über der Nase zu entfernen. Es gelingt ihm nicht, der Hausierer geht weg, der Hund dreht sich weiter, seine Augen sehen nichts mehr, sind blind von der rasenden Jagd, Schnudi, Schnudi mit dem Rosamascherl dreht sich weiter, weiter ... bis er erschossen werden muß ... Nun habe ich niemand mehr. Einen Einspännergaul sah ich an, ob er nicht mit mir reden mag ...

Ich wette: er wollte nur nicht mit mir im Gespräche gesehen werden. Mit andern, glaub' ich, hätte er nach einiger Anstrengung reden können ...

***

Was hält mich ab, dem allen ein Ende zu machen, in irgend einem See oder Tintenfaß zur ewigen Ruhe einzugehen oder die Frage zu lösen, welchem irrsinnig gewordenem Gott oder Dämon das Tintenfaß gehört, in dem wir leben und sterben, und wem wieder dieser irrsinnige Gott gehört? Zu irgend einer Marischa, und sei sie wer sie sei, jedenfalls zu einer Dirne, Unreinen oder Ehebrecherin zu schleichen, dabei sich in Acht nehmen vor Allerhand ... dem Düngerhaufen rechts und der Jauche links ... um dann daheim die leidvolle Liebe zwischen Jehangir Mirza und der Maasumeh Sultan Begum zu besingen ... wäre das wirklich ein so großes Vergnügen, Ambrosia zu fabrizieren, während man selbst Kot schlingen muß? Und wenn man ein Dichter wäre, man ist noch immer nicht mehr als ein geborener Tierstimmenimitator. Und bist du ein Meister des Wortes, der Worte fand voll wie das Brüllen des Stieres: ein Bettler bist du und läßt nachahmend aus dir erschallen die Stimme des über Pferde herrschenden Fürsten, und jene des aus einer schwarzen Puppe sich aufwärts, lichtwärts schwingenden Schmetterlings, wenn es nicht gar die Stimme eines anderen Dichters ist – alle Stimmen läßt du aus dir erschallen, o Tierstimmenimitator, um die eigene Leere zu übertönen, deinen Mangel an einer eigenen Stimme ... Was weile ich noch? Ab! bevor ich noch zum gichtbrüchigen Schuster werde ... Wozu noch weiter den entnervenden Widerstreit kleinlicher Schicksale mit ungeheuren Gefühlen und Vorstellungen herunterwürgen?

***

Das Leben. Was für ein großes Wort! Ich stelle mir das Leben als eine Kellnerin vor, die mich fragt, was ich zu den Würsteln dazu wolle, Senf, Krenn oder Gurken ... die Kellnerin heißt Thekla ... Beschränkt sind die Möglichkeiten, immer aber die großen Worte ... Eine Diskrepanz für viele. Einst war ich zur Simultanvorstellung eines berühmten Schachspielers geladen. Der Produktionssaal ein dumpfer stickiger Raum voll von Tabakdampf. Plötzlich erschallt der Ruf: „Der Meister naht!" Wer tritt ein? Wegstehende, dünnschalige Ohren, ein beschränkt aussehender Mensch in einem abgetragenen Anzug. Das kurze, blaue Röckchen war aber gewiß nicht abgetragener als sein Gesicht. Haha! der Meister naht ...

Was erübrigt denn noch zu tun? Nicht viel. Ich hatte früher einmal einen Bekannten, der besaß seinerseits wiederum einen Kollegen, mit dem er in die Tertia gegangen war. Dann wurde dieser Kollege meines gewesenen Bekannten seines geringen Bestrebens wegen, ein Ochs zu werden wie die anderen und dadurch Wohlgefallen zu finden in den Augen der Professoren, aus der Schule genommen und in eine Fleischbank oder Schusterwerkstätte gesteckt? nein, zufällig in ein Weingeschäft. Er traf einige Wochen nachher am Kai meinen Bekannten – Waldemar Tibitanzel hieß der und machte ungedruckte Gedichte – und berühmte sich vor ihm, nach so kurzer Lehrzeit schon binnen weniger Minuten hundert Jahre alten Bordeaux herstellen zu können. Es ist gewiß zu bedauern, daß der hoffnungsvolle Jüngling traumschnell auch aus dieser Laufbahn glitt. Bei seinem Genie hätte er uns gewiß in Bälde mit einem Bordeaux zu bedienen vermocht, der aus der Ewigkeit stammte, wenn nicht gar aus dem Cambrium. Das tat er aber keineswegs. Der Wandlungsfähige tauchte als Erzengel im Burgtheater auf. Mein Bekannter sah ihn knapp hernach auf dem Graben wieder. Waldemar Tibitanzels Barttracht hielt künstlerisch zwischen Christusbart und Mädchenkinn gleicherweise die Mitte, und ein genauer Beobachter hätte die der Wahrheit nahekommende Vermutung ausgesprochen, er sei nicht rasiert. Von den Schnallen seiner Schuhe war die schwarze Politur abgefallen, gelbes Messing kam zum Vorschein und so auch in der geringfügigsten Kleinigkeit offenbarte sich der desolate Zustand seiner Finanzen und sein Österreichertum. Der Erzengel, scheinbar vertieft in sein eigenes glattrasiertes Gesicht, ignorierte den Ungedruckten, der sich tags darauf bei mir bitter beklagte. Und ehe noch eine Woche ins Land gegangen war, starb Waldemar Tibitanzel, mitten in einem Trauerspiel in fünf Aufzügen. Wenn ich morgen den mir unbekannten Weinpantscher und Mimen zur Rechenschaft ziehen werde für längst vergangene Sachen, so tu ich das aus sowas wie Solidarität, kurz es handelt sich hier um rein prinzipielle Dinge ... und nicht bloß um derartige Velleitäten ... Denn ich, mein Gott, selbst früher, als ich noch König war und viele Leute auf meinen Gruß lauerten, grüßte ich für meine Person nicht regelmäßig. Ich grüßte einmal doppelt, mit tiefer Verbeugung, das anderemal in einer Art Willenslähmung garnicht und wenn sich die Leute nicht damit zufrieden gaben, die doppelte Portion und die nicht erhaltene zusammenzulegen und auf zweimal zu verteilen, sondern über mein ungeschlachtes Benehmen brummten, kümmerte ich mich blutwenig um diese Fliegen. Wenn ich morgen meine Sekundanten – und sollte ich keine anderen finden: meine Schicksalsgenossen und Wahlbrüder: den alten Schuster und den Huterer zu dem Erzengel hinaufschicken werde, liegt da ein ganz anderer Fall vor. Ich will sterben und bei dieser Gelegenheit einen zweiten Menschen, den ich in seiner

Nichtigkeit erkannt habe, abdrehen, wie man einen giftigen Gashahn abdreht, wie Ahasver den inferioren Zwergbulldogg Schnudi abdrehte ... Sollte ich am Leben bleiben, was ich nicht hoffe, so vermache ich trotzdem meinen Stiefelknecht Philipp und ein gewisses Tintenfaß demjenigen, der sich darum meldet; unter mehreren Bewerbern sollen bei sonst gleicher Qualifikation parfümierte Wachleute den Vorzug haben. Bevor ich aber die Kurbeldrehung setze und mich aus der Kurve hinaustragen lasse, an einem Meilenstein zu zerschellen, bevor ich mich aufmache in jenes ferne Land ... die Rouleaux endgültig fallen und mir die Aussicht auf die Linzerstraße entziehen werden, will ich noch einen Anlauf nehmen und dem auf der Plattform eines Wagens ängstlich herumlaufenden Pintscher Antwort bellen, mit den sechs Kindern um den Straßenarbeiter herumsitzen, den Schuster Engelbert Kokoschnigg fragen, warum er das Schild „Zu den zwei Löwen" führt, die Grünzeugfrau, ob sie Witwe ist und wenn nicht, warum sie den erbsenpickenden Spatzen duldet — ich neide ihm sein sorgloses Dasein — ich werde des Wirtes Dominik ansichtig zu werden versuchen, mich in dem flügellahmen Raben in der Weihburggasse betrachten, und wenn ich in der dazugehörigen Stimmung sein sollte, in einem speziellen Falle eigenohrig die Frage lösen, ob die Lyrikerinnen wirklich „Tandaradei" sagen. Mehr Freuden gewährt ja das Leben nicht ... Man glaubt, ich sei lustig? Ja! Herzzerreißend lustig! Dies alles ist nichts als Galgenhumor. Und Furcht. Scheint mir

nämlich das Leben aus derartigen Nichtigkeiten, wie ich sie vorhabe, zusammengesetzt zu sein, wie wenn der Tod mir zu Possen eine adäquate Rolle spielen wollte? Mich enttäuschte. Der Tod, vormals der Bauer mit der Sense, ein grober Flegel immerhin, aber als solcher eine respektable, durch zahllose Bilder sehenswerter Maler akkreditierte Persönlichkeit, er nimmt in meiner Vorstellung immer komischere Gestalten an. Ich sehe ihn nicht als schwarzen Ritter, er kommt als nahender Meister oder ein Clown tritt auf, steckt die Zunge heraus, sie wächst ins Unendliche und durchsticht mich ... ich sehe ihn als Kondukteur, der meinen Fahrschein einzwickt, für ausgenützt erklärt, nicht warten will bis zur nächsten Haltestelle, mich zum Aussteigen drängt ... mit eines tschechischen Akzentes nicht entbehrenden Worten ... ich sehe ihn als rohen Jungen, Fledermäuse annagelnd, als Laternen auslöschenden Studenten. Reichstag auflösenden Minister und jüngst sah ich ihn gar als Motorführer. „Dem Wagenführer ist es verboten, mit den Fahrgästen zu sprechen." Die Übereinstimmung ist auffallend ...
Ich glaube, ich würde es nicht ertragen, wenn mich auch noch der Tod mit einer Enttäuschung abspeist ...
Eine tiefe Apathie und Gleichgültigkeit hat mich befallen, meine Seele ist jedes höheren Aufschwunges unfähig, seit Langem vermied ich es, Goethe zu lesen, weil ich mich im tiefsten Innern seiner unwürdig fühlte. Und nun soll mir ein strahlender Tod entgehen, Freund Hein mir zusammen-

schrumpfen zum Spottbild? Wäre das gerecht? Mag dem sein wie ihm wolle, mir bleibt nichts anderes übrig, ich werde von dannen gehen, die Erde, dieses Kabinett mit separiertem Ausgang! verlassen, verlassen ... Was ist denn so viel dabei? Rouleaux fallen ... man sieht nichts von der Straße ... Wie ich mich darauf freue! Wozu sich fürchten? Ich werde einen Anlauf nehmen und hinüberspringen. Oder sollte ich doch bleiben? Allen Leuten geht es gut. In den Auslagen der Greißler stehen Dalmatinerweine. Das war früher nicht. Ich aber besitze ja so garnichts, nichts was mich im Innersten froh machen könnte. Ich besitze nichts als wie gesagt – mein Name ist Tubutsch, Karl Tubutsch ...

Lebensbericht

Was man als meinen Körper wahrnahm, ward in dem Wiener Vorort Ottakring am 22. Dezember 1886 um 11 Uhr abends geboren. Meine Eltern rundeten diese Geburtszeit als praktische Menschen auf den 23. Dezember ab, der daher auch in den Handbüchern und Literaturgeschichten, soweit sie meiner gedenken, als mein Geburtstag angegeben wird, da ich den wahren Sachverhalt erst vor drei Jahren erfuhr. Angesichts der Unglaubwürdigkeit menschlicher Zeitangaben wird man begreifen, daß jenem ersten Irrtum zahllose folgen mußten und es daher in meinem Leben auch sonst an unverrückbar gewissen Daten fehlt und von Mißverständnissen wimmelt.

Ich scheine nicht freiwillig zur Welt gekommen zu sein. Zumindest war der Termin übel gewählt. Denn in den österreichischen Gymnasien ward damals über die Kinder vor Weihnachten die Zensur verhängt, und ich entging niemals diesem übelsten Vorschuß auf ein schlechtes Zeugnis, und so war, was mir mein Knabenalter hindurch an Geburtstagsgaben und Weihnachtsgeschenken beschert wurde: Strafe.

Da ich früh träumte und phantasierte, früh Märchen hörte und las – aus der angenehmen Bewußtlosigkeit durch Geburt und andere Körperstrafen aufgeschreckt – glaubte ich die langen, insgeheim schönen Jahre der verborgenen Kindheit hindurch, die Quälgeister der Umwelt: was mich schulmeisternd an Verwandten und Lehrern umgab, sei bezaubernd. Und diese böse Welt von strafsüchtigen Hexenmeistern würde eines guten Tages der besseren Feenwelt weichen.

Leider schwanden die schlechten Zauberer niemals ganz dahin, die Professoren der Jugend verwandelten sich in oft ebenso schnöde Journalisten, Verleger. Und damit der Hexensabbat niemals ein Ende nehme, kam mit seiner letzten Zwangsjacke „Krieg" der Staat. Und von innen her das Gespenst des Alterns oder die Krankheit: ebenfalls der Tod. Meine Eltern sahen mich in ihren Träumen als Hofzahnarzt. Ich störte diese mich manchmal auch zum Bankdirektor verdammenden Wünsche rasch und empfindlich, indem ich einmal eine Klasse wiederholen mußte, einmal aus dem Gymnasium ausgeschlossen ward. Aber zu meiner Entschuldigung kann ich anführen, daß auch ich jederzeit von den Erwachsenen grob aus meiner Zuflucht: der Fata Morgana des hellichten Tages gescheucht wurde. Ich hatte mich verträumt in die Welt griechischer Helden eingesponnen, die mit den abstrusen Fragen griechischer Grammatik oder gar neuzeitlicher Physik nicht das geringste zu tun hatte. Darum verweigerte ich bei Prüfungen gern diesbezügliche Auskünfte und entzog mich Vorträgen über öde Materien durch Flucht in die während der Schulstunden leider verbotene Lektüre von Indianergeschichten, da mir diese unfreiwilligen Don Quixotes samt ihren weißen Marterpfählen eher berechtigte, rothäutige Nachfolger antiker Heroen schienen als die einfältig oder zwiespältig sentimentalen Gestalten des deutschen

Klassikers Schillparzer, gar verunglimpft durch professorale Geschwätzigkeit.

Als Kind pflegte ich Vokalgedichte in selbsterfundenen Sprachen vor mich hinzusingen; um die Pubertätszeit gerannen meine Phantasien sprachlich in lyrisch-epische Form. Erwischt – ward ich zu Haus und in der Schule bestraft, wo alle anderen Versfüßler als Dichter galten, nur ich nicht. Dichten war bei mir plötzlich eine Schande, nur die deutschen und österreichischen Klassiker durften es. Da aber diese Leute gewohnheitsmäßig Tragödien dichteten, schützte ich mich in der Schule vor dem Anhören ihrer kondensierten Langeweile durch ärztliche Zeugnisse, nach denen ich dermaßen an Schlafsucht litt, daß ich ungestört in der ersten Bank schnarchen durfte. Sonst ein Leiseschläfer, rächte ich mich an der Schule als leidenschaftlicher Lautschnarcher. Besonders laut schnarchte, räusperte ich, wenn ein Lehrer Blödsinn sagte. Dadurch ward ich unbeliebt.

Gleich nach meiner Geburt fiel mir auf, wie schön die Zöpfe und Waden der jungen Mädchen sind. Diesen vorgeschichtlichen Eindrücken und Erkenntnissen blieb ich lebenslänglich treu und vernachlässigte dies Studium niemals, wenn ich auch als grundsätzlich schlechter Schüler mich den Prüfungen, die man Ehen nennt, gern schulstürzlerisch entziehe. Die Erscheinung keines Bubikopfes wird schöner, wenn man sie ein Dezennium lang tagtäglich vor sich sieht. Man träumt dann anderes.

Kaum Universitätsstudium; aber durch fünf Jahre angeblichen Studiums sicherte ich mir die Freiheit: Zeit zu dichterischer Arbeit. Durch tolerantes Überhören an mich gerichteter Fragen und Beleidigtsein über zu leichte zog ich mir sogar den Doktortitel zu. Auf Grund meiner geschichtlichen Forschungen hat mich denn auch noch niemand für einen Historiker gehalten. Nichtsdestoweniger kenne ich die wahre: ungeschriebene Menschheitsgeschichte besser als sonstwer.

Sie blieb traurig ungeschrieben; wie meine Erzählungen, Gedichte und Aufsätze ein Jahrzehnt lang ungedruckt blieben. Hernach wurden sie von Kennern geachtet, von Lesern mißverstanden, von manchen Verlegern der Beachtung entzogen. Aber Verschollenheit, abwechselnd mit häufigem Erklingen des Namens, ist geeignet, den Erkennenden wach zu erhalten, der sich, bei aller Liebe für Griechenland oder China, niemals von irgendwelchen klassischen Smoking- oder Zopftraditionen einschläfern ließ.

Mein Mitleid durchschaute den „Krieg" und stand in der Front gegen ihn, ohne sie eitel zu überschätzen. Ich weiß, daß es zwischen arm und reich zu keinem Friedensschluß gekommen ist, ich glaube nicht an die Zeitungslüge des Waffenstillstandes; Priester aller Nationen, Religionen und politischen Parteirichtungen können mir gestohlen werden — ich bin nicht so eingeschränkt, noch so geduldig, Partei zu sein; ich achte hilfsbereite Güte, menschlich tätige Gesinnung, aber verlogene, faule Zwischenhändler zwischen „Gott" und Menschen, Menschen und Sklaven verachte ich. Unser dümmster Professor (Wilson), den ich leider nicht anschnarchen konnte, war nicht besser als die früheren Ideologen und Parlamentsschmarotzer. Äußerlichkeiten republikanisch-monarchistischer Natur mögen sich modisch geändert haben, der stumpfe, stumme Haß zwischen den Menschen ist tiefer geworden. Ich flüchte, reise. Aber angesichts des um den Sphinx aufgehäuften Wüstenstaubs – aus dem penetranten Kamelmist der Weltgeschichte rieche ich noch keine bessere Zukunft als Organisation der Erd-Arbeit: den Ameisenstaat, Bienenstaat der Menschheit. Aber selbst dies Ziel ist für heutige Menschen zu hoch. Ordnung gibt es wahrhaft nur in der Kunst, noch nicht am Chaos der Realität.

Eine erzklassische Bildung, unter zu hartem Außendruck früh empörte Sehnsucht nach unbegrenzter Freiheit: trotz scharfem Blick für das tausendfältige Unrecht der Unterdrückung – erst mit dem Krieg erwachte ich endgültig zu einer wahren, unbelügbaren Ansicht über die Menschen, die deutsche Pseudorevolte, Kunst und mich.

Allerdings ahnte ich bereits als Gymnasiast, daß der Weg ins Heil, in die allen gemeinsame Freiheit die Menschheit an einer den erwähnten Insektenstaaten vergleichbaren Etappe vorbeiführen müsse. Wenn jeder arbeitsfähige Bewohner der Erde vier Stunden täglich arbeitet, kann die gesamte Erdbevölkerung am Leben erhalten werden! Statt solcher Organisation – zwei Milliarden Menschen sind zu schonungslosesten Überstunden verdammt! Damit ein paar Millionen Begüterter, Industriegauner, Bankräuber und deren Ministerkulis das traurige Wort „arbeitslos" entehren können. Aufgehalten wird die Entwicklung zum Bessern von einer schläfrigen Kleinbürgerkaste: den nicht unpolitischen Schreibbeamten der Hierarchie und Plutokratie, die sich von den Pyramiden bis über alle europäischen Revolutionen hinaus gleich blieben und deren konservative oder nationalkommune Gehirnlosigkeit befürchten läßt, daß eben diese pseudosoziale Bürokratie nach den Jahrtausenden egoistisch-kapitalistischer Experimente die altruistisch-gemeinschaftlichen ebensolang verzögern und verschleppen wird. Schon weil in allen Staaten der Erde — Rußland ausgenommen — die Zukunft: die krebsgängige Erziehung der Jugend noch in ihren Händen liegt.

Was ich erlebte an Schönem und Traurigem, mit Wesen und in ihrer Natur, meine wirkliche, innere — seelische Biographie steht, soweit mich nicht zeitweise der Mangel an Widerhall vollkommen verstummen oder wenigstens nach China auswandern machte, in meinen Gedichten der Prosa und des Verses, in meinen Erzählungen und Aufsätzen, geschrieben zwischen 1900 und 1931: Tubutsch, Briefe an Gott, Menschen und Affen, Ritter des Todes, Mein Lied.

Bio- / Bibliographische Daten

Geboren 1886 in Wien, kurz nach 1900 erste literarische Arbeiten.

1905   Matura, anschließend Studium, 1910 Promotion. Im selben Jahr die erste Veröffentlichung: „Wanderer's Lied", ein Gedicht, in der „Fackel" von Karl Kraus.

1911   erscheint „Tubutsch", die zweite Auflage 1914, eine veränderte Neuauflage 1919.

1912   „Der Selbstmord eines Katers" und andere Erzählungen.

1914   kurzer Militärdienst, dann Teilnahme am Weimarer Treffen der den Krieg verurteilenden Dichter und Literaten. Der erste Gedichtband erscheint: „Die weiße Zeit".

1915/   Lektor beim Kurt-Wolff-, später beim S. Fischer
1916   Verlag. 1916 erscheint „Nicht da, nicht dort", Erzählungen, sowie „Der Mensch schreit", Gedichte.

1917   „Die rote Zeit", Gedichte. Im selben Jahr Aufenthalt in Zürich, als Sekretär des Vereins für Individualpsychologie.

1918   in Berlin Mitverfasser des Manifests der „Antinationalen Sozialisten-Partei" gegen den Krieg und für die Revolution.

1919   „Den ermordeten Brüdern", Prosa und Gedichte, erscheint. Desillusioniert von der 'Deutschen Revolution' Rückkehr nach Wien. Mitherausgeber der Schriftenreihe „Die Gefährten".

1920   Bruch mit Karl Kraus, verschiedene Reisen, erste Nachdichtungen chinesischer Lyrik. Erscheinen des Sammelbands „Die Gedichte" 1900-1919, danach noch „Wien" (1921) und „Herbst" (1923).

1925   Anschluß an die „Gruppe 1925", eine Vereinigung linksorientierter Schriftsteller.

1928   Reisen nach Nordafrika und in den Nahen Osten.

1931   letzte größere Publikation zu Lebzeiten, „Mein Lied", Gedichte 1900-1931.

1932 'Abreise' aus Deutschland, erstes Exil in der Schweiz. Von dort aus 1934/35 Reisen in die UdSSR.
1941 Auswanderung in die USA.
1949 Reisen in Europa. Am 8. April 1950 stirbt Albert Ehrenstein in einem New Yorker Armenhospital.

Posthume, zum Teil noch erhältliche Veröffentlichungen:
1961 „Gedichte und Prosa", herausgegeben von Karl Otten. „Ausgewählte Aufsätze", herausgegeben von M. Y. Ben-gavriêl.
1977 „Wie bin ich vorgespannt den Kohlenwagen meiner Trauer", Gedichte, herausgegeben von Jörg Drews.
1979 „Briefe an Gott", Gedichte.